遠流出版公司

總序

許俊雅

記得十年前我初次看到橫式台灣地圖時，心中充滿驚奇與喜悅，不僅因它像一隻充滿想像的鯨魚，我想最主要的是它打破我平常的慣性認知。我只能大約看出它的輪廓，圖中很多區域不明，煙嵐樹林飄散其間，經緯度雖然沒有現在的地圖清晰，可是也就相對不是那麼機械化。那是一張充滿想像的地圖。

這世界是豐富的，沒有找到的、不確定的，永遠是充滿想像的空間，讓人無限的憧憬。而文學的創作與閱讀也是這樣，作家在創造形式與題材上，不斷向自己挑戰，作品所留下的廣闊想像空間，有待讀者去填補、延續，讀者則因各人不同的境遇、不同的學歷、不同的生活經驗，同一部作品因人、因時而有不同的感受、領會，每篇文章具有雙重甚至多重的效果。

然而，近年我深刻感受到人類的想像力與創造力，隨著資訊的發達，影像世界無所不在的侵呑霸占，我們的想像與思考正逐漸在流失之中。想像力的激發與創造力的挖掘，絕非歸功聲光色的電子媒介，而是依賴閱讀，尤其是文學作品的閱讀。因此，我們衷心期待著「文學」能成爲青少年生命的伙伴。

青少年透過適合其年齡層的文學作品之閱讀，可以激發其想像力、拓展其生活經驗，使之產生心靈相通的貼切感。這樣的作品，不僅是他們傾訴、表達、質疑、宣洩情感的管道，同時也是開發自我潛能、了解自我，學習尊重他人與自然萬物和諧共處的途徑，通過文學的閱讀、交流，把心靈中美好的因素、崇高的因素調動起來，建立一種對生命的美好信心，以及對生活的獨立思考。

我相信文學固然需要想像的翅膀凌空飛翔，但也唯有立於自身的土地上，才能感受到落地時的堅穩踏實。我們要如何認識自身周遭的一切呢？我固執地以爲文學最能說出一個人內心眞正的想法，透過文學去認識一個地方、一個民族、一群生活在這塊土地上的人們，遠比透過閱讀相關的政治經濟方面的報導來得眞切。因此這套《台灣小說・青春讀本》所選的小說，全是台灣作家的作品，這些作品呈現了百年來台灣社會變遷轉型下，台灣人的生活方式、歷史經驗、人生體悟、文化內涵等。

表面上看起來我們是在努力選擇，其實，更多的是不斷的割捨。割捨篇幅太長的小說，割捨隱喻豐富不易爲青少年理解的小說。「割捨」，使選編者不免感到遺憾，因爲每一位從事文學推廣的工作者，心中總想著帶領讀者進入繁花盛開的花園，而今可能只是帶來小小的盆栽，我們只能先選取這些作家這些作品呈現在你眼前。但有「捨」必然也會有「得」，「捨得」一詞可作如是觀。透過這一盆一盆的花景，我們相信應能引發讀者親身走入大觀園的興趣，而此時種下的文學種籽，值得你用一生的時間去求證、去思索、去體悟。

閱讀之餘，我們向作者致敬，由於他們的努力創作，讓我們有豐富的精神糧食，這時代除了儲存金錢、健康的觀念之餘，我們也要有儲存文學藝術的觀念，才能豐富生活，提昇性靈。我們也向讀者致意，由於你們的閱讀與參與，因此使所有的過程變得更有價值、更有意義。

〔圖片提供者〕
◎頁一〇、頁一五、中下、下、頁一六、頁二二、頁三〇、頁三八下、頁四〇、頁四八，莊永明提供
◎頁一一、頁二二、頁二四、頁二六、頁三四、頁三六、頁三八上、頁三九、頁四四、頁四六，遠流資料室
◎頁一四上、下、頁一五中、頁二一，國立台灣歷史博物館籌備處提供
◎頁一五上，丁榮生攝
◎頁三三，傅朝卿攝
◎頁四五，林漢章提供

台灣小說·青春讀本 ❶
惹事
文／賴和　圖／陳秋松
策劃／許俊雅　主編／連翠茉　編輯／李淑楨　資料撰寫／張淑卿
美術設計／張士勇、倪孟慧、張碧倫

發行人／王榮文
出版發行／遠流出版事業股份有限公司
台北市南昌路2段81號6樓
郵撥／0189456—1 電話／（02）2392-6899
傳眞／（02）2392-6658
著作權顧問／蕭雄淋律師
法律顧問／董安丹律師
輸出印刷／中原造像股份有限公司
2005年7月1日　初版一刷　　2010年7月12日　初版三刷
ISBN 957-32-5558-8　定價 200元
行政院新聞局局版臺業字第1295號
（缺頁或破損的書，請寄回更換）

YLib 遠流博識網 http://www.ylib.com　E-mail：ylib@ylib.com

惹事

賴和

「喲—號—喲，咬—咬—」種菜的人拍手擲腳在喊雞。

「娘的，畜生也會傍著勢頭來蹧躂[1]人。」喝喊既嚇牠不走，隨著便是咒罵。

一群雞母雞仔在菜畑裏覓食，腳抓嘴啄，把蔬菜毀壞去不少。這時候像是聽到「咬」的喊聲，有些驚恐的樣子，「嘓嘓嘓」，雞母昂起頭來叫兩三聲，似是在警告

菩薩心腸的彰化醫生

提到賴和，令人印象最深的是他那留著八字鬍、穿起本島衫的「先生」模樣。一九〇九年，十六歲的賴和考上了台灣總督府醫學校（今台大醫學院前身，圖右二）。二十三歲，回彰化老家，開設「賴和醫院」。仁心仁術的賴和，對於貧困人家的求醫，以菩薩心腸對待，不收任何醫療費，甚至給予救濟，因此被尊稱爲「和仔仙」、「彰化媽祖」。

雞仔。但是過了一少時[2]，看見沒有危險發生，便又嘓嘓嘓地招呼雞仔去覓食。

「畜生！也眞欺負人！」種菜的看用嘴嚇不走，便又無可奈何地咒罵起來，憤憤地放下工作，向雞群走去，卻不敢用土塊擲牠，只想借腳步聲要把雞嚇走。雞母正啄著半條蚯蚓，展開翅膀嘓嘓地在招呼雞仔，聽到腳步聲，似覺到危險將要發生，放下蚯蚓，走向前去，用牠翅膀遮蔽著雞仔，嘓

台灣新文學之父

具有深厚漢學基礎的賴和，在行醫之餘，開始了新詩、小說、散文等台灣新文學創作，發表過〈鬥鬧熱〉、〈一桿「稱仔」〉、〈流離曲〉等作品。參與文藝活動，如《台灣文藝》雜誌活動。終其一生，雖然文學作品數量不多，但以台語白話文寫作，建立起反帝、反封建的寫實主義風格，因此有「台灣新文學之父」的美稱。

1 欺負
2 些

嘓地要去啄種菜的腳。

「畜生！比演武亭鳥仔更大膽。」種菜的一面罵，一面隨手拾起一支竹莿，輕輕向雞母的翅膀上一擊，這一擊纔挫下牠的雌威，便見牠向生滿菅草的籬下走入去，穿出籬外又嘓嘓地在呼喚雞仔，雞仔也吱吱叫叫地跟著走。

「咬——」種菜的又發一聲洩不了的餘憤。

這一群雞走出菜畑，一路吱吱叫叫，像是受著很大的侮辱，抱著憤憤的不平，要去訴訟主人一樣。

農家生活

庄頭庄尾

還記得鄉下密集而錯落有置的老房子嗎？那正是台灣農村社會最典型的庄頭樣貌。通常庄頭的形成是以村廟爲核心，由數個民居共同構成，周圍環繞著菜園、稻田、果園等。有趣的事總是發生在村廟邊上，從榕樹下一群下棋、拉絃仔的老人家口中，聽到庄頭內大大小小的事，此時，人與人的關係變得非常緊密；廟前的大廣場，則靜靜地等待著一年一度「謝冬」廟會活動的到來。

石頭厝、竹篙厝、土埆厝

傳統民宅的牆面主要是以磚、竹、石、土爲主，依地區材料的取得及經濟狀況而有所差異，例如北台灣淡水、陽明山一帶因盛產觀音山石、淇哩岸石，因此附近民宅多半取地就材，以「石頭厝」（上圖）居多，南台灣的嘉義、南投一帶，則以桂竹或麻竹做成「穿斗式」的「竹篙厝」（中圖），一般人家則多利用周圍的土，加上稻草梗、米殼製成土埆磚砌牆，再抹上一層白灰，興建「土埆厝」（下圖）。

咱家厝

台灣傳統民宅最常見的是合院式，又細分爲一條龍、單伸手、三合院、四合院（右頁下圖）等類型，講究的大宅興建時往往依風水選址，選擇一個符合屋主命格、容易聚氣的好方位。依據風水觀念利用屋舍、半圓形水池、小丘、植物等，環繞正廳，藉以「環抱護衛」與「納氣」。地界上種植密密麻麻的莿竹林（如圖屋舍後方），除了聚氣之外，還具有防禦的功能，是最佳的天然地界屏障。

大家要知道，這群雞是維持這一部落的安寧秩序，保護這區域裏的人民幸福，那衙門裏的大人[3]所飼的，「拍[4]狗也須看著主人」，因爲有這樣關係，這群雞也特別受到人家的畏敬。衙門就在這一條街上，街後便是菜畑，透[5]菜畑內的路，就在衙門邊；路邊，和衙門的牆圍相對，有一間破草厝[6]，住著一家貧苦的人，一個中年寡婦和一對幼小的男女，寡婦是給人洗衣及做針黹，來養活她這被幸福的神所擯棄的子女。

這群雞母雞仔走到草厝口，不知是否被飯的香氣所

台灣俚語台灣詩

賴和寫作的方法，是先用漢文思考，寫下白話文之後，再改成台灣話，作品融合了許多台灣的方言、諺語、俗語，具有強烈的鄉土特色，其中，農民、菜販、婦女是他作品中最常出現的角色。新詩代表作之一〈農民謠〉即以台灣話，描寫台灣農民遭遇天災的困境，以及在日本殖民統治下，備受不公的土地制度、稅制剝削的悲慘處境。

引誘，竟把憒憒的不平忘掉，走入草厝內去，把放在棹下預備飼豬的飯，抓到滿地上。雞母嘓嘓地招呼雞仔，像是講著：「這是好食的，快快！」但是雞母又尚不滿足，竟跳上棹頂[7]，再要找些更好的來給牠可愛的雞仔食。棹的邊緣上放著一腳[8]空籃，盛有幾片破布，雞母在棹頂找不到什麼，便又跳上籃去，纔踏著籃邊，籃便翻落到地面去，雞仔正在這底下啄飯，湊巧有一隻走不及，被罩在籃內，這一下驚恐，比種菜的空口喝喊，有加倍效力，雞母由棹頂跌下來，拖著

3 日治下台灣人對警察的尊稱
4 打
5 通往
6 茅屋
7 上
8 只

翅膀，嘓嘓地招呼著雞仔，像是在講：「快走快走！禍事到了。」匆匆徨徨走出草厝去。

大人正在庭裏渥[9]花，看見雞母雞仔這樣驚慌走返來，就曉得一定是有事故，趕緊把雞仔算算看，「怎樣？減去[10]一隻？」他便抬起頭看看天空，看不著有挾雞仔的飛鳶，「那就奇，不是被種菜的撲死了嗎？」大人心裏便這樣懷疑起來，因爲這一群雞常去毀壞蔬菜，他是自前[11]就知道的，而且也曾親眼看過。一面他又相信伊所飼的雞，一定無人敢偷拿[12]去，所以只有種

9 澆
10 少了
11 本來，以前
12 偷捉

菜的可疑了，「哼，大膽至極，敢撲死我的雞！」大人赫然生氣了，放下水漏，去出衙門，向菜畑去。

「喂！你仔[13]，你怎樣撲死我的雞仔？」

「大人，無，我無。」受著這意外的責問，而且問的又是大人，種菜的很是驚恐。

「無？無我的雞仔怎減去一隻？」

「這！這我就不知。」

「不知？方纔那一群雞，不是有來過此

處？」

「有……有，我只用嘴喊走牠，因爲蔬菜被毀壞得太多，大人你看！所以……」

「你無去撲牠或擲牠？」

「實在無，大人。」

「好！你著仔細[14]，若被我尋到死雞仔。」大人像是只因爲一隻雞仔，不大介意，所以種菜的能得著寬大的訊問，雖然不介意，也似有些不甘心，還是四處找尋，糞窖、水堀、竹莿內、籬笆腳，總尋不見

大人來了

日治時代，一句「大人來了」就令人聞之色變，因爲這位「大人」指的是「警察」，是一般老百姓日常生活中所接觸到最有權力的「土皇帝」。日本人爲了統治台灣，大量設置派出所，訓練警察人才，負責維持治安的任務，配合保甲制度，確立了「警察政治」，使得台灣成爲日本帝國領土中，警察密度最高的地方。右圖爲警察訓練的情景，上圖爲以警察爲中心的地方行政系統圖。

13 日本人對台灣人的賤稱

14 得小心

種菜與菜園

台灣俗諺「入廟看廟門、入厝看菜園」貼切地指出：台灣人的菜園就如同是每戶人家的門面，光從菜園管理的好壞，就可以知道那戶人家的教養與興衰。其實在傳統的農村社會裡，一般人家過的是自給自足的生活，只有部分物資需要交換或購買，所以大部分的人都是利用屋子附近的空地，開墾成菜園，依季節種植一些時蔬，例如番薯葉、四季豆、小白菜、玉米等，做爲自家食物使用。

雞仔的死體。

「老實講，棄在何處？」大人不禁有些憤憤。

「大人！無啦，實在無撲死牠。」

「無？好。」既然尋不到證據，哼！「撲死更滅屍」，大人只氣憤在腹裏。

大人離開菜畑，沿路還是斟酌，到那寡婦門口，被他聽見雞仔的喊救聲，「嘎，這就奇，」大人心裏很是怪訝，雞仔聲竟由草厝裏出來，「出來時專想要去責問種菜的，所以不聽見嗎？」大人自己省悟著，他遂走進草厝內。厝內空空，併無人在，雞仔在籃底叫喊，這一發見，使他很是歡喜，他心裏想：「這寡婦就是小偷，可見世人的話全不可信，怎講她是刻苦的人，自己一支手骨[15]在維持一家，保正甚至要替她申請表彰，就眞好笑了。」他又想到有一晚，自己提出幾塊錢要給她，竟被拒絕，險

至弄出事來，那未消的餘憤，一時又湧上心頭。「哈，這樣人乃會裝做，好，尚有幾處被盜，還未搜查出犯人，一切可以推在她身上。」大人主意一決，不就去放出雞仔，便先搜起家宅，搜查後不發見有什麼可以證明她犯案的物件，「大概還有窩家，這附近講她好話的人，一定和她串通。」大人心裏又添上一點懷疑，「不相干，現在已有確實的物證，這一隻雞仔便充足了」，他心裏還不失望，就去掀開倒罩的空籃，認一認所罩是不是他的雞仔，認得確實無錯，纔去厝

養豬、養雞

除了菜園外，一般人家也會養雞、養豬，做爲家人肉類食物的主要來源。因此配合管理與飼養的方便，會在屋舍的外圍設有雞、鴨、豬等牲舍，用來飼養家禽或家畜，這類建築台灣話稱爲「牛稠」、「豬稠」、「雞稠」等，較爲簡陋，以功能實用爲主。

邊[16]問那寡婦的去處，既曉得是去圳溝洗衣，同時也就命令她厝邊去召喚。

那寡婦呢？她每日早起就有工課[17]，料理給八歲的兒子去上學校，料理給九歲的女兒去燭仔店做工，兩個兒女出了門，她纔捧著一大桶衫褲去圳溝洗，到衫褲洗完已是將近中午，這時候她纔有工夫喰早飯，她每日只喰兩頓，儉省些起來飼豬，因爲飼豬是她唯一賺錢的手段，

飼大豬是她最大的願望。

今早她照向來的習慣，門也不關就到圳溝邊去，她厝裏本沒有值錢的物，而且她的艱苦也值得做賊仔人同情，所以她每要出去，總沒有感覺到有關門的必要。當厝邊來喚她時，衫褲還未洗完，又聽講是大人的呼喚，她的心裏很徨惑起來。

「啥事？在何處？」她想向厝邊問明究竟。

「不知，在你厝裏。」厝邊也只能照實回答。

「不知——是啥事呢？」她不思議地獨語著。

洗衫褲

洗衣，是農村時代婦女每天必做的早課。生火做早餐、將一家老小打點出門後，就提著一大籃衫褲到家附近的溪邊、圳溝或池塘洗滌。這時，鄰近的婦女們也先後來到，個人都有自己洗衣的位置或者鋪好的洗衣石、座石，大家邊洗衣，邊聊生活大小事，洗衣，可說是農村婦女的社交時間。

16 鄰居
17 工作

「像是搜查過你的厝內。」厝邊已報盡他的所知。

「搜查？啊？有什麼事情呢？」她的心禁不住摶跳起來，很不安地跟厝邊返去，還未跨入門內，看見大人帶有怒氣的尊嚴面孔，已先自戰慄著，趨向大人的面前，不知要怎樣講。

「你，偷拿雞有幾擺[18]？」受到這意外的問話，她一時竟應答不出。

「喂！有幾擺？老實講！」

「無！無，無這樣事。」

18 幾次

「無？你再講虛詞。」

「無，實在無。」

「證據在此，你還強辯，」拍，便是一下嘴巴的肉響，「籃掀起來看！」這又是大人的命令，寡婦到這時候纔看見籃翻落在地上，籃裏似有雞仔聲，這使她分外恐慌起來，她覺到被疑爲偷拿雞的有理由了，她亦要看牠究竟是什麼，趕緊去把籃掀起。

「啊！徼倖[19]喲！這是那一個作孽，這樣害人。」她看見罩在裏面是大人的雞仔，禁不住這樣驚喊起來。

「免講！雞仔拿來，衙門去！」

「大人這冤枉，我……」寡婦話講未了，「拍」又使她嘴巴多受一下虧。

「加講話[20]，拿來去！」大人又氣憤地叱著。她絕望了，她看見他奸滑的得意的面容，同時回想起他有一晚上的嬉皮笑臉，她痛恨之極，憤怒之極，她不想活了，她要和他拚命，纔舉起手，已被他覺察到，「拍」，這一下更加兇猛，她覺得天空頓時暗黑去，眼前卻迸出火花，地面也自動搖起來，使她立腳不住。

鞭刑

日本殖民當局一方面攏絡台灣地方頭人，另一方面則對老百姓施以高壓手段恐嚇，公布「罰金及笞刑處分例」，由警察執行「笞刑」（鞭刑），凡是犯輕罪的台灣和中國男性，可不經由司法審查，直接由警察處以鞭打臀部，如右圖的處罰，名爲嚇阻犯罪，其實只是爲了節省司法程序和建造監獄的經費。這種不人道的刑罰，備受輿論指責，於日治中期廢除。

19 可憐、不幸。

20 多話

「要怎樣？不去？著[21]要縛不是？」她聽到這怒叱，纔覺得自己的嘴巴有些熱烘烘，不似痛反有似乎麻木，她這時候纔覺到自己是無能力者，不能反抗他，她的眼眶開始著悲哀的露珠。

「看！看！偷拿雞的。」兒童驚奇地在街上呼喊著噪著，我也被這呼聲喚出門外。

「奇怪？怎這婦人會偷拿雞？」我很不相信，但是事像竟明白地現在眼前，她手裏抱著一隻小雞，

衙門

日治時代的「派出所」，台灣人俗稱爲「衙門」，戒備森嚴，令人畏懼，位置大致選在轄區中易於到達的地方或重要公共建築附近，因此大多位於路口轉角處，興建集中在一九二〇年代後，經費由國庫支出，設計也幾乎都由總督府營繕課擔任，受到當時建築潮流的影響，建築樣式呈現仿西化的裝飾樣式，並加強建物的威權感。

21 得

被巡查押著走，想是要送過司法。我腦裏充滿了懷疑，「不是做著幻夢嗎？」一面想把事實否定，一面又無意識地走向她的厝去。她的兒女還未回家，只有幾位厝邊各現著不思議的面容，立在門前談論這突然的怪事。

「是怎樣呢？」我問著在門前談論的厝邊。

「講她把雞仔偷拿去罩起來。」有人回答我。

「是怎樣罩著？」

「講是用那個籃罩在廳裏。」

「奇怪？若是偷拿的，怎罩在這容易看見所在[22]，那會有這樣

道理？」

「就是奇怪，我也不信她會偷拿雞。」

「這必有什麼緣故，雞仔當不是自己走進籃去。」

我因爲覺得奇怪，就走進廳裏看看是什麼樣，廳裏那個籃還放著，地上散著幾片破布碎，地面也散有不少飯粒。籃裏也還有布屑，棹面上印著分明的雞腳跡，由這情形，我約略推想出雞仔被罩住的原因，我便講給她的厝邊聽，大家都承認有道理，而且我們談論的中間，有一個種菜的走來講他的意見。他講：

台灣巡查補

日本殖民政府由於警力不夠，開始招募台灣人擔任屬於臨時雇員性質的「警吏」，後來改稱「巡吏」，輔助巡查的警務工作，可說是最低階員警。一八九九年又將其改名爲「巡查補」，由於薪資相較種田者高，加上是和警察有關的工作，社會地位高，因此雖需通過考試、體檢和身家調查，仍吸引很多台灣人投考。右圖右一、中間爲早期的巡查補裝扮，執劍、荷槍、穿草鞋，還留著清朝的辮子。

22 地方

「這樣事，實在太冤枉了。」

「怎知道她是冤枉？」我反問種菜的。

「這群雞先是在我的菜園覓食，蔬菜被踏死得很多，所以我把牠趕過去。」

「你看見雞走進她厝裏？」

「雞走了我就不再去注意，但是大人失去了雞仔，疑是我撲死牠，曾來責問我。」

「你報給他雞走進這厝裏來嗎？」

「沒有，這是他自己看到的，但是那寡婦去洗衣是在

先，雞仔被我趕過去尚在後。」

「你確實知道嗎？」

「她去洗衣是我親見過的。」

由這證明，愈堅強我所推想的情形，是近乎事實的信念。

「對於事情不詳細考察，隨便指人做賊。」我一面替那寡婦不平悲哀，一面就對那大人抱著反感，同時我所知道這幾月中間他的劣跡，便又在我腦裏再現出來

「捻滅路燈，偷開門戶，對一個電話姬[23]強姦未遂的喜

「大人」兼「先生」

理蕃政策初期，日人以懷柔方式，在山區外圍設立「隘勇線」防禦道路，又成立「蕃童教育所」，警察除了掌管山地事務外，亦需召集原住民兒童教授日語、禮儀及簡單的文字。

23 日語，小姐

日本警察面面觀

大人無所不管

日治時代爲了鎮壓武裝抗日及維持治安，警察儼然是統治台灣的主要工具，從平地的漢人，到山地的原住民，舉凡地方上各種大大小小的事務，無所不管，包括：維護法律與治安，例如監視公共集會、出版、審理小刑案、取締吸食鴉片、管理當鋪等，同時又協助地方政府處理一般行政事務，例如協助宣傳禁令、納稅、戶口、教育、交通、消防等，或如圖中的衛生宣導。

種痘檢查

警察也掌管公共衛生監督的業務，協助檢疫工作，強制人民打預防針。如圖中的「種痘證明書」，在警察臨檢時若拿不出來，將重罰十元。

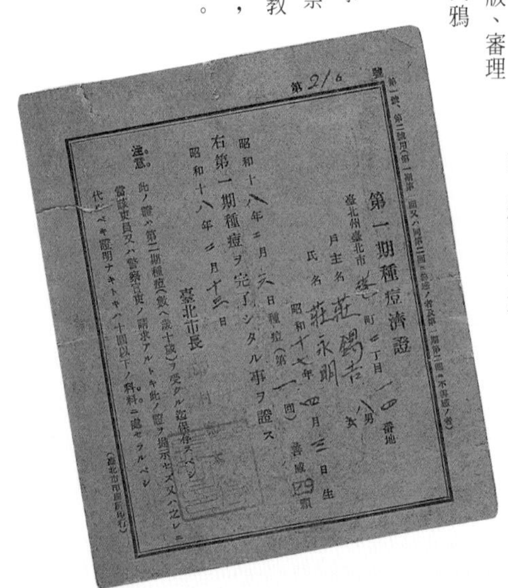

第 216 號

第一期種痘濟證

臺北州臺北市 [illegible] 町 二丁目 一〇 番地

戶主名 莊錫吉 男

氏名 莊永明 女

昭和十七年 四月 三日生 善感 四 顆

昭和十八年 二月 六日種痘（第 一 回）

右第一期種痘ヲ完了シタル事ヲ證ス

昭和十八年 二月 十三 日

臺北市長

注意。此ノ證ハ第二期種痘（數ヘ歲十歲）ヲ受クル迄保存スベシ

當該吏員又ハ警察官吏ノ請求アルトキ此ノ證ヲ提示セズ又ハ之レニ代ルベキ證明ナキトキハ十圓以下ノ科料ニ處セラルベシ

交通警察

協助地方政府整頓交通、宣導交通安全，是保安警察工作的一環。當台灣道路上開始出現人、車混亂，恐有車禍產生時，便效法日本內地作法，實施交通管制，推行交通安全週，以「三明治人」、海報等宣導「左側通行」，在各交通要道加強取締不靠左走、行車超速、在路上嬉戲等違規事項。

經濟警察

隨著中日戰事的吃緊，日本政府為管制各項民生物資的流通，實施「經濟警察制度」，警察開始涉入民生經濟，管制民生必需品、監督物價、取締暴利和黑市、監督資金、外匯及金融等。

警察衛生展覽會

為了宣導公共衛生觀念，並彰顯警察的保母與監督功能，日治中期起，各地常舉辦「警察衛生展覽會」，展出內容包括警務、保安、司法、兒童、度量衡、理蕃、衛生防疫等。某次的警衛展海報以「南無警察大菩薩」為題，企圖一掃警察「地方惡霸」的形象，化妝成「救苦救難的活菩薩」，結果卻引來《台灣民報》的反諷：「警察界的特許拷問手段，如灌水法、雕龍蝦法、插肋骨法等，亦肯展覽於公眾否？」

蕃地警備道路

日本殖民政府在台灣南北陸續修築八通關越道路、能高越道路等二十條理蕃警備道路，做爲警戒、教化與殖產開發之用，沿線配置大量的警察駐在所，爲統治原住民的行政中樞。駐在所通常選在展望良好、視野開闊的稜線上，如上圖八通關駐在所，以便於監視原住民部落，設施包括駐在所本體、官舍、教育所、公醫診所、蕃產交易所等。

劇，毒打向他討錢的小販的悲劇，和乞食撕打的滑稽劇」。這些回想，愈增添我的憎惡。「排斥去，這種東西讓他在此得意横行，百姓不知要怎受殃。」我一時不知何故，竟生起和自己力量不相應的俠義心來。

「排斥？」怎會排斥他去，我一時想無好的方法，「向監察他的上司，提出告訴。」這能有效力嗎？他是保持法的尊嚴的實行者，而且會有人可以做證嗎？現時的人若得自己平安就好，誰要管閑事？況兼這又是帶有點危險，誣告詭證這個罪名，還容易擔得麼？投書？這未免卑怯，想來總想不出好方法。

已經是隔日了，我們的保正奉了大人的命令，來調集甲長會議。「啊！這不是可以利用一下看？」我心裏有了主意，便對著保正試試我的說辭。

「保正伯！那寡婦的事情，你想敢[24]是眞的！」

「證據明明，敢會是冤枉？」保正是極端信賴官府，以爲他們的行爲，就是神的意志，絕無錯誤，但是由這句話的語氣，我已覺到保正對這件，也有點懷疑。

「在我想，雞仔不上半斤，刣[25]來也不能喰，賣來也不值錢，她偷拿去有什路用，而且大家都曉得是大人飼的雞仔，她那會有這樣大膽。」

「你講得都也有點理氣，但是……」

「這不單是推想的，還有確實的證據，昨早我曾去她厝內，看是怎樣情形，看了后，我就曉得籃是放在棹頂，被雞母跳飜落來，下面的雞仔走不及，被罩住的。」

「事情怎會有這樣湊巧？」

24 豈、可
25 殺

「菜畑的種菜的可以做證。」

「現在已經無法度[26]啦，講有什麼用？」

「講雖然無用，但是這種人讓他在，后來不知誰要再受虧呢？我自己也眞寒心。」

「已經是碰到他，算是命裏注定的……」

「不好來把他趕走嗎？」

「趕走他？」

「是！」

「要怎樣去趕走他？——他很得到上司的信

任，因爲他告發的罰金成績佔第一位。」

「我自己一個人自然是沒有力量，你們若要讚成，便有方法。」

「什麼方法，不相干？」

「不相干！只要這次的會議，給他開不成，允當[27]就可以趕走他。」

「上司若有話說的時候呢？」

「這可以推在我的身上。」

「不會惹出是非來？」

保正與甲長

在警察制度之下，地方上配合設置有「保甲條例」，規定每十戶爲一甲，十甲爲一保。保有保正，甲有甲長，相當於現在的鄰長和里長，任期兩年，無給職，遴選地方頭人擔任，等於是警察的輔助機關，在警察指揮下，負責戶口調查、警戒風雨災害、搜查土匪、監督衛生、推廣日語、改善風俗、修橋鋪路等任務。甲民若違法，住民須負連帶責任，形成了人人互相監督的控制網，以達到「以台制台」的策略。

26 沒辦法
27 一定

「是非？那是我的責成。」

「要怎樣才開不成？」

「就用這理由，講給各人聽，教他不用出席……。」

「別人不知怎樣呢？」

「我去試看怎樣，若是大家讚成，就照所講的來實行。」

「這裏很有幾個要討他好的人，若被漏洩，怕就費事。」

「自然，形勢怎樣，我總會見機。」

這次活動的結果，得到出乎預期的成績，大家都講這是公憤，誰敢不讚成？而且對於我的奔走，也有褒獎的言辭，這很使我欣慰，我也就再費了一日的工夫，再去調查他，我所不知的劣跡，準備要在他上司的面前，把一切暴露出來。

一晚——這是預定開會的一晚，日間我因爲有事出外去，到事辦完，就趕緊回來，要看大家的態度如何。

壯丁團

除了保甲制度，日本人爲了鎮壓土匪、對付抗日分子與防範天災，訂定了「壯丁團」制度，猶如地方自衛隊，具有穩定地方治安的功能。團員由保甲中挑選十七到五十歲、身強體健、品性端正的男子組成，獲選者如無正當理由，不得推辭，屬於義務職，壯丁團的經費由甲民自行負擔。後來在備戰及二次大戰時期，地方上又成立「青年團」，爲愛國而動員，任務更加廣泛。

跨下火車，驛裡[28]掛鐘的短針正指在「八」字，我不覺放開大步，走向歸家的路上，行到公眾聚會所前，看見裡面坐滿了人，我覺得有些意外，近前去再看詳細，我突然感著一種不可名狀的悲哀，失望羞恥，有如墮落深淵，水正沒過了頭部，只存有朦朧知覺，又如趕不上隊商，迷失在沙漠裡的孤客似地徬徨，也覺得像正在懷春的時候，被人發見了秘密的處女一樣，腆靦，現在是我已被眾人所遺棄，被眾人所不信，被眾人所嘲弄，我感覺著面上的血管一時漲大起來，遍

思想警察

日治時代警政的範圍包括高警（後稱特高科）、警務（一般警政）、保安（保安警察）、戶籍警察、主計五大類，其中最令人害怕的是屬於情治控制的高警（特高），也就是思想警察，主要監管集會結社、談論國事、新聞、報紙、雜誌、圖書出版之檢查等等。台灣文化協會、台灣民眾黨、台灣農民組合等政治社會運動團體在開會時，特高人員（紅色圓圈處）一定到場監控。

身的血液全聚到頭上來，我再沒有在此立腳的勇氣，翻轉身要走，這時候忽被那保正伯看見了，他便招呼我：

「進來！進來坐吧，你有什麼意見？」他們正通過了給大人修理浴室及總舖[29]的費用，各保的負擔分費，尚未妥當，這保正伯是首先和我表同意的，我聽見他的招呼，覺得了很大的侮辱，一時興奮起來便不管前后，走到聚會所的門口，立在門限上講起我的意見

28 日語，車站裏

29 床舖

來，我滿腹怒氣正無可發洩，便把這大人的劣跡橫暴一一曝露出來，連及這一些人的不近人情、卑怯騙人也一併罵到，話講完我也不等待他們有無反駁，跨下門限，走回家裡，晚飯雖不曾喰過，這時候也把飢餓忘卻去，鑽進自己的床中亂想了一夜。

翌早我還未喰飯，就聽見父親喚聲（因爲昨夜失眠，早上起來較晏），走廳裡一看，那保正伯正在和父親對談，看見我便笑著問：

「你昨晚飲過酒麼？」

「無，無有酒。」由這句問話我已曉得保正的來意了。

「你講過的話，尚還記得？」

「自己講的話，那便會忘記。」

「大人很生氣，我替你婉轉，恐怕你是酒醉。」

「我怕他！」

「你想想看，大人講你犯著三、四條罪，公務執行妨害、侮辱官吏、搧動、毀損名譽。」

「由他去講，我不怕！」

「少年人，攏[30]無想前顧後，話要講就講。」父親憤憤地責罵起來，以爲我又惹了禍。

「你返來以後，我們大家和大人講了不少話替你講情，大人纔……不過你須去向他陪一下不是。」保正伯竟然不怕被我想爲恐嚇，殷殷地勸說著。

「我不能，由他要怎樣。」

「你不給我去，保正伯和你一同。」父親又發話了，似有一些不安的樣子。

30 都

「……」

「少年人，不可因了一時之氣。」保正伯又是殷勤勸導。

「總不知死活，生命在人手頭。」父親又是罵。

我覺得這款式，對於我很不利，恰好關於就職問題，學校有了通知，我想暫時走向島都[31]，遂入裡面去向母親要些旅費，不帶行裝，就要出門，來到廳裡，父親和保正伯尚在商量，看見我要出門，父親便喝：

「要到何處去！」

我一聲也不應，走出門來，直向驛頭，所有後事，讓父親和保正伯去安排。

——刊載於《南音》一卷二號、六號，九、十合刊號，一九三二年一月十七日、四月二日、七月二十五日。後半段收錄於《台灣小說選》。本文摘自《賴和全集》。

31 指台北

賴和創作大事記

一九〇八年　作第一首漢詩〈題畫扇〉。

一九二二年　應《台灣》第一回徵詩，發表〈劉銘傳〉兩首，分別入選爲第二名和第十三名，之後多首漢詩刊載於《台灣》。

一九二三年　寫介於散文與小說體的〈僧寮閒話〉。因治警事件第一次入獄。

一九二四年　於《台灣民報》上發表漢詩〈阿芙蓉〉。

一九二五年　開始新文學的創作，第一篇隨筆〈無題〉及〈答覆台灣民報社五問〉刊載於《台灣民報》，並以「懶雲」筆名發表第一首新詩〈覺悟下的犧牲〉。

一九二六年　於《台灣民報》發表第一、二篇白話小說〈鬥鬧熱〉、〈一桿「稱仔」〉，以及隨筆散文〈答台灣民報社問〉、〈讀台日紙的「新舊文學之比較」〉、〈謹復某老先生〉，並主持《台灣民報》文藝欄。

一九二七年　發表散文〈忘不了的過年〉及小說〈補大人〉（《新生》第一集）。

一九二八年　發表小說〈不如意的過年〉，隨筆〈前進〉、〈無聊的回憶〉。

一九二九年　出任《台灣新民報》相役談。

一九三〇年　發表〈蛇先生〉、〈彫古董〉、〈棋盤邊〉三篇小說，〈流離曲〉、〈生與死〉、〈新樂府〉三首新詩，一篇隨筆〈開頭我們要明瞭地聲明〉；並參加《現代生活》創刊事宜。

一九三一年　發表隨筆〈希望我們的喇叭手吹奏激勵民眾的進行曲〉，小說〈辱?!〉、〈浪漫外紀〉、〈可憐她死了〉，新詩〈農民謠〉、〈滅亡〉、〈南國哀歌〉、〈思兒〉、〈低氣壓的山頂〉、〈祝曉鐘的發刊〉。

一九三二年　與葉榮鐘、郭秋生等人創辦《南音》。發表小說〈歸家〉、〈豐作〉、〈惹事〉，新詩〈相思歌〉，及隨筆〈紀念一個值得紀念的朋友〉、〈城〈我們地方的故事〉〉及〈台灣話文的新字問題〉，並任日刊《台灣新民報》學藝欄客員。

一九三四年　小說〈善訟的人的故事〉刊載於《台灣文藝》。

一九三五年　發表新詩〈呆囝仔〉，並以小說〈一個同志的批信〉刊載於《台灣新文學》創刊號。

一九三六年　發表漢詩〈寒夜〉、〈苦雨〉、〈田園雜詩〉、〈新竹枝歌〉；小說〈豐作〉被譯成日文發表於日本《文學案內》（楊逵譯）。

一九四〇年　〈前進〉、〈棋盤邊〉、〈辱?!〉、〈惹事〉、四篇作品收於李獻璋編《台灣小說選》，印刷中被禁止刊行。〈晚霽〉、〈過苑裡街〉、〈寒夜〉等十四首漢詩，收於黃洪炎（可軒）《瀛海詩集》。

一九四一年　第二次入獄，在獄中寫〈獄中日記〉，因病弱停筆。

黑色喜劇

〈惹事〉這篇小說分兩部分，第一部份寫剛出校門賦閒在家的年輕人「豐」，在百無聊賴下出去釣魚解悶，卻因魚池主人小孩的禁止垂釣而發生爭執，以至於推落小孩入魚池的衝突事件。第二部分寫日本警察因一隻自投羅網的雞，誣陷一位可憐的台灣寡婦，他為寡婦打抱不平，想帶領群眾抗爭，卻被群眾「遺棄」的故事。小說題目叫「惹事」，既是指「大人」飼養的母雞惹起了一件冤枉事，而令一位中年寡婦百口莫辯惹上牢獄之災，也指主角的二次「惹事」。

小說主旨除了批判日本警察欺壓民眾的惡行，也透露出台灣群眾對爭取公理正義怯於行動力，呈現一種自私的負面性格，從而表達了反抗者的孤立無援，理想主義者的無力感。日本殖民下的台灣，「警察國家的體制」是世界上未嘗有的。日本在台灣的警察制度，除其本身的專屬事務外，還有行政輔助機關的性質。因而警察與台灣人民接觸最頻繁，糾葛也最多，施虐剝削，儼然土皇帝，因此人稱「田舍皇帝」。當時有不少台灣小說以日本警察爲諷諭、抗議的主要對象。現實生活中，台灣老百姓不僅畏懼日本警察，就連日本警察飼養的雞，也成爲權威的化身，而畏懼不已。〈惹事〉這篇小說對於這個事實做了最尖銳、最突出的描寫。

賴和寫這一群雞在菜地上覓食，腳抓嘴啄，把蔬菜毀壞去不少。種菜的看用嘴嚇不走，憤憤地放下工作，向雞群走去，卻不敢用土塊擲牠，只想借腳步聲要把雞嚇走。雞聽到腳步聲，卻嘓嘓地要去啄種菜的腳。種菜的一面罵，一面隨手拾起一支竹莿，輕輕向母雞的翅膀上一擊，這一擊才挫下牠的雌威，雞群終於離開。描寫幾段之後，作者才說：「大家要知道，這群雞是維持這一部落的安寧秩序，保護這區域裡的人民幸福，那衙門裡的大人所飼的。」其實作者對這隻母雞目中無人、鴨霸的刻畫，即是描寫日本警察，賴和側筆寫來眞是生動有力。

此篇小說同時也展露出賴和在偵探小說的推理技巧的功力，寡婦的冤枉，「豐」從現場的情景加以推論，然後作者緊接著把前面情節寫到的一位種菜的「證人」請出來證明其所言不假，「豐」又進一步推論道：「雞仔不上半斤，刣來也不能食，賣來也不値錢，她偷拿去有什路用，而且大家都曉得是大人飼的雞仔，她那會有這樣大膽。」作者在這些細節的描寫，以層層逼進的推論，映襯出「大人」殘暴的性格與作威作福的嘴臉。在絕對權威的凌逼下，人命、人權如草芥卑微。這位幾度否認偷抓「大人」母雞而慘遭痛毆的中年寡婦，最後仍被當小偷「捉將官去」，「她這時候才覺到自己是無能力者，不能反抗他，她的眼眶開始綴悲哀的露珠。」

賴和藉著「母雞事件」，寫了一齣上乘的喜劇，但背後實透露了被殖民者的無奈與悲哀。小說進而寫「豐」欲替寡婦申冤，要保正說服村中人拒絕開會，想以此驅逐那蠻橫的警察，似乎一時之間大家都贊成了，但膽怯成性的他們，臨陣時卻集體順從了，仍然按時開會，甚至還要集資幫大人修理浴室及床鋪，並且勸「豐」跟警察道歉。他自覺爲大眾背叛，當晚收拾行李，離家而去。

這篇小說剛發表時就得到時人的推崇，但後來有些人認爲「結構鬆散」，是兩個沒有連貫的部分組成，似乎變成主角好「惹事」的性格。不過也有評論家認爲這篇小說所描述的年輕人具有賴和所期待敢於對抗不合理壓迫的性格，這是被殖民的台灣人迫切需要的。因此「釣魚事件」塑造了一個「鱸鰻氣質」的年輕人，不畏懼強權想替寡婦申冤，甚至進一步想剷除惡勢力。情節設計合不合理，讀者可自行領會。另外，賴和的小說中對白話文的使用非常成熟，而且有頗高的創意。其小說的重要特點之一，當屬閩南語的大量出現，尤其是小說人物的對話，讀者可在這篇小說充分感受到精采的地方。